Benito y el
chupón

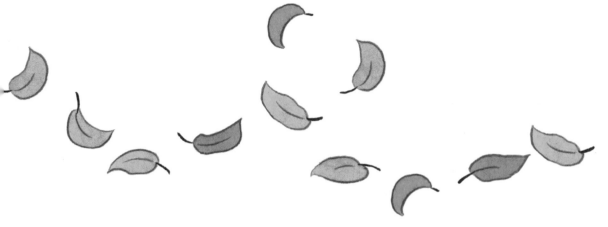

DIRECCIÓN EDITORIAL: Antonio Moreno Paniagua
GERENCIA EDITORIAL: Wilebaldo Nava Reyes
COORDINACIÓN DE LA COLECCIÓN: Karen Coeman
DISEÑO DE LA COLECCIÓN: La Máquina del Tiempo
TRADUCCIÓN: Pilar Armida

Benito y el chupón

Título original en sueco: *Jamen Benny*

Texto D.R. © 2001, Barbro Lindgren
Ilustraciones D.R. © 2001, Olof Landström

Editado por Ediciones Castillo por acuerdo con Rabén & Sjögren
Bokförlag/Pan Agency, SE-103 12 Estocolmo, Suecia.

PRIMERA EDICIÓN: junio de 2006
SEGUNDA EDICIÓN: septiembre de 2015
PRIMERA REIMPRESIÓN: mayo de 2016
D.R. © 2015, Ediciones Castillo, S.A. de C.V.
Castillo ® es una marca registrada.

Insurgentes Sur 1886, Col. Florida.
Del. Álvaro Obregón.
C.P. 01030, México, D.F.

Ediciones Castillo forma parte del Grupo Macmillan.

www.grupomacmillan.com
www.edicionescastillo.com
info@edicionescastillo.com
Lada sin costo: 01 800 536 1777

Miembro de la Cámara Nacional de la Industria Editorial Mexicana.
Registro núm. 3304

ISBN: 978-607-621-276-9

Impreso en México / *Printed in México*

Barbro Lindgren · Olof Landström

Benito y el chupón

CASTILLO  DE LA LECTURA

Benito ahora tiene un hermano.
Él quería uno. Y ya lo tiene.

Una mañana, cuando despertó,
su hermano estaba acostado junto a él.

—Benito, tienes un hermano —dijo su mamá.
—Ya lo sé —dijo Benito.

El hermano de Benito llora y llora. Su mamá le da un chupón.

—Yo también quiero un chupón —dice Benito.

Pero su mamá no se lo da.

—Ya eres demasiado grande para usar chupón —dice la mamá de Benito.

—No es cierto —dice Benito.

Su hermanito no suelta el chupón en todo el día.
Benito no tiene la oportunidad de probarlo. Ya se cansó
de su hermanito. Preferiría tener el chupón.

—Voy a salir con mi hermanito —dice Benito a su mamá.
Pero ella no lo escucha.

Benito deja a su hermano junto a la puerta.
Luego le quita el chupón. En su lugar,
le presta a Muñeco Cerdito.

Benito se echa a correr.

Benito pasa por muchas casas.
Está feliz. El chupón está muy bueno.

Pasa por una guardería.

—¡Ya estás muy grande para usar chupón! —le gritan los niños.

—¡No es cierto! —grita Benito.

Después, se encuentra a tres cerditos maldosos.
Traen zapatos de futbol.

—¿Qué clase de bobo es este que trae chupón?
—preguntan los cerditos.

—Me llamo Benito —dice Benito.

—Vamos a pegarle en el hocico —dicen los cerditos maldosos.

A Benito le da miedo.
Corre para salvar su vida.

Los tres cerditos maldosos corren tras él.
Benito está descalzo, ¡pero los cerditos traen
zapatos de futbol!

Lo alcanzan en un dos por tres.

El más fuerte lo golpea en el hocico y el chupón sale volando.

Entonces, un perro que Benito conoce se acerca.

—Se llevaron mi chupón —dice Benito llorando.

El perro les grita a los cerditos maldosos:
—¡Devuelvan ese chupón antes de que les muerda el dedo gordo del pie!

Los cerditos maldosos se asustan.
Devuelven el chupón enseguida.
A lo lejos, se escucha un fuerte chillido.
Es el hermano de Benito. Ya se cansó de jugar
con Muñeco Cerdito.

Benito corre tan rápido como puede.

Cuando Benito le devuelve el chupón, su hermanito se calma.

Benito y su hermano dan una vuelta

antes de entrar a casa.

—¡Benito —dice su mamá—, qué bueno que llevaste
a tu hermanito de paseo!

Impreso en los talleres de
Grupo Gráfico Editorial, S.A. de C.V.
Calle B núm. 8, Parque Industrial Puebla 2000,
C.P. 72225, Puebla, Pue.
Mayo de 2016.